Books on Demand

Zur Person

Ich geh nicht mit der Mode und ich werd beim Lügen rot,
ich sage was ich denk' und was ich seh'.
Ich trinke manchmal Rotwein und esse trocken Brot
und weiß dass ich in des Lebens Mitte steh.
Ich sing' Lieder aus der eignen Küche, hab sie selbst gemacht.
Nehm' als Ingredenzien Flüche, Seufzer aus lauer Nacht,
eine kleine Prise Reue, salz'ge Tränen fehlen nicht,
und ein wenig Mut für's Neue
und Wachs von meinem Lebenslicht.

Christian Koch, Jahrgang 1951, begann Anfang der 70er Jahre Songs und Texte zu schreiben. Später kamen Kurzgeschichten hinzu.

Christian Koch

Der Mond kocht

Rezepte, die die Elfe zusammen gestellt hat und mit denen sie dem Mond das Kochen beibringt.
Für die angegebenen Mengen der Zutaten übernimmt sie keine Gewähr.

Bibliografische Information der Deutschen Nationalbibliothek:
Die Deutsche Nationalbibliothek verzeichnet diese Publikation in der Deutschen Nationalbibliografie; detaillierte bibliografische Daten sind im Internet über www.dnb.de abrufbar.

ISBN 978-3-7392-3424-3

Satz und Gestaltung: Christian Koch
Umschlaggestaltung/Grafiken: Karl Groß

Herstellung und Verlag:
BoD – Books on Demand, Norderstedt

Copyright © 2016 Christian Koch
www.mondkochbuch.de

Die Verwendung der Texte und Grafiken, auch auszugsweise, ist ohne Zustimmung der Autoren urheberrechtswidrig und strafbar. Dies gilt auch für Vervielfältigungen, Übersetzungen, Mikroverfilmungen und für die Verarbeitung mit elektronischen Systemen.

Für meine Tochter Lara zu ihrem 18. Geburtstag,
für meine Töchter Annette, Julia und Angelika zum Verfeinern ihrer Kochkünste
und für B., welche die Rezepte alle verkostet hat.

Inhalt

Prolog	9
Sonnenwind-Strahl	12
Quitten-Gelee	16
Südländischer Hackbraten mit Lavendel	19
Viertelmond-Sonett	22
Hühnersuppe	24
Zwiebelkuchen	29
Fisch mit Fenchel	31
Lammrücken mit Möhren	33
Eingelegtes Grillfleisch und Bouletten	37
Elfensauce	41
Elfensaucen-Zeiler	43
Holunderblüten in Eierkuchenteig	44
Schweinebraten gespickt mit Nelken	46
Frühstücksquark mit Ingwer und Knoblauch	48
Hähnchenpfanne	49
Glühwürmchenzeiler	52
Schneller Gurkentopf	53
Hecht mit Speckbohnen	55
Pflaumenkuchen mit Nüssen	57
Kaninchen mit Pfifferlingen	59
Ode an den Geschirrspüler	62
Wildschweinrücken	64
Curryhähnchen mit Ingwermöhren	67
Weihnachtsgans	69
Gänsezeiler	72
Eierpunsch	74
Neujahrsmond	76
Epilog	78

Prolog

Sylvestermond

Der Mond steht kurz vor halbsieben, in drei Tagen wird er halbiert sein. Er kämpft sich durch die ziehenden dunklen Wolken, welche endlich einmal ein wenig Winter ankündigen. Unter ihm glimmert und flimmert es. Neugierig lenkt er mit dem Monokel seiner uralten Cousine Phoebe einen Sonnenstrahl zur Erde. Das Monokel, welches die dunkle Phoebe benötigte um ihren weit entfernten Bruder Ymir zu beobachten, hatte vor langer langer Zeit ein galaktischer Teilchensturm zum Mond geweht. Der Mond leuchtet mit dem Strahl das Reich der Elfe Hedwig aus. Erst dachte er, er könne sie durch die verfrühte Ballerei von Sylvesterraketen gar nicht ausmachen, aber dann bemerkt er ihren Flugstil. Sie streckt ihren Elfenstab mit beiden Händen nach vorne und peest in Loopings durch die bunten Raketenschweife und Leuchtsterne. Es scheint ihr sichtlich Spaß zu machen. Als sie sich für eine Verschnaufpause unter ihren Hollerbusch setzt, spricht er sie an.

»Du bist ja schon mächtig beim Feiern, Hedwig.«
»Ja weißt du, wer soll denn bei dieser Ballerei schlafen. Außerdem ist es sehr amüsant, Parcours zu fliegen.«
»Paß bloß auf, dass du dir nicht deine zarten Flügel versengst und abstürzt wie Ikarus.«

»Papperlapapp, ich stürze nicht ab. Und wenn das neue Jahr beginnt, bleibe ich eh unten, denn dann habe ich keine Chance mehr rechtzeitig auszuweichen. Und was machst du heute noch so?«

»Blöde Frage. Scheinen, was sonst? Allerdings werde ich in dieser Nacht wohl nicht sehr viel Aufmerksamkeit bekommen. Und die Sterneputzerin kann ich auch nicht empfangen, das geht erst wieder in 10 Tagen.«

»Wie läuft es denn mit deiner Sterneputzerin?«

»Wunderbar! Nur habe ich ein kleines Problem. Sie meinte, ich könnte ihr bei unseren monatlichen Treffen doch mal etwas kochen, dann muss sie nicht immer den gleichen Fraß von Mac Galakticus essen. Ich kann doch aber nicht kochen, nur Caipirinha mixen.«

»Oh, wenn ich dich besuchen könnte, würde ich dir das Kochen schon beibringen. Aber wie soll ich zu dir hoch kommen?«

»Was? Das würdest du tun? Dann werde ich mal stark nachdenken - wir werden schon eine Lösung finden. Und damit haben wir gleich ein gutes Vorhaben für das neue Jahr. Was hältst du davon?«

»Abgemacht«, sagt die Elfe, »Du findest eine Möglichkeit und ich stelle die Rezepte zusammen.«

Die Elfe schwingt sich wieder hinauf und verabschiedet sich mit Loopings vom Mond, der das Monokel wieder in seinen Schlafrock steckt.

Er freut sich auf das kommende Jahr und hätte sich gern sofort einen Caipirinha gemixt, aber leider hat er noch 10 Tage Dienst.

Langsam verschwindet er gen Westen und dann geht die Ballerei erst richtig los.
Das neue Jahr legt sich wie ein glimmerndes Band von Ost nach West über den Erdball.

Sonnenwind-Strahl

Der Mond grübelt. Irgendwie muss er es schaffen, die Elfe zu sich nach oben kommen zu lassen. Die Sterneputzerin liegt ihm schließlich sehr am Herzen. Und ohne Elfe lernt er nicht kochen. Und ohne kochen überlegt es sich die kleine Sterneputzerin in ihrem aparten Sterneglimmerkleidchen vielleicht noch einmal anders.

Pling! Die Rettung naht. Er wird den Sonnenwind fragen. Der hat ihm damals zur Ordensverleihung auch mit seiner Uniform ausgeholfen. Also wählt er die galaktische Nummer vom Sonnenwind und horcht mit seinem Monoohr angestrengt in den Hörer. Der Sonnenwind geruht wohl wieder fest zu schlafen, denkt der Mond. Schon will er wieder auflegen, da knistert es in der mental-galaktischen Verbindung.

»Sonnenwind. Hallo! Was ist dein Begehr zu dieser nachtschlafenen Zeit, du willst doch wohl keine Sonneneruptionen riskieren?«

»Oh bewahre, keineswegs! Ich habe wieder einmal ein kleines Problem und möchte dich um Hilfe bitten. Meine kleine Sterneputzerin möchte zukünftig auch mal etwas anderes essen, als das Angebot von Mac Galakticus rauf und wieder runter. Und deshalb habe ich beschlossen, ein wenig kochen zu lernen. Stell dir vor, ich lasse mir hier eine Küchenzeile einbauen und kann dann in der Neumondpause die kleine Sterneputzerin mit Leckereien überraschen.«

»Du hast vielleicht Flausen im Kopf auf deine alten

Tage. Hat es dich mit der Sterneputzerin derart erwischt, dass du deinen gesamten galaktischen Turnus durcheinander bringen willst? Wie stellst du dir das vor, wie willst du das umsetzen?«

»Also, das habe ich mir etwa so gedacht: Der Bautrupp vom Zentralnebel, der üblicherweise die schwarzen Löcher stopft, kann mir die Küchenzeile installieren, Dieter von der Sternestaub-Bar kann mich mit den Zutaten beliefern und die Elfe bringt die entsprechenden Gewürze mit. Und schon kann es losgehen.«

»Ne Elfe? Wie kommt die denn zu dem Vergnügen? Bandelst du neuerdings etwa auch mit den Irdischen an?«

»Also ein klein wenig Seriosität kannst du mir ruhig noch zugestehen. Die Elfe Hedwig von Kofelder ist eine alte Bekannte, mit der ich mich nächtens manchmal unterhalte. Sie ist eine lustige Elfe und für fast jeden Unsinn zu haben. Und da hat sie sich angeboten, mir das Kochen beizubringen. Aber dazu muss sie erst einmal zu mir nach oben kommen. Und genau das ist mein Problem.«

»Verstehe. Was habe ich nun damit zu tun?«

»Ich möchte dich bitten, der Elfe ab und zu einen Teilchenstrahl zu schicken, auf dem sie nach oben spazieren kann. Du weißt, für eine Elfe ist fast alles möglich. Und du erfüllst mir damit einen Herzenswunsch.«

»Hach! Dein Herzenswunsch ist doch die kleine Sterneputzerin und ich und die Elfe sind doch nur Mittel zum Zweck, alter Zausel. Nun ja - warum soll der Mond nicht seine Verliebtheit ausleben. Dabei werde ich dir also helfen. Ich wäre ja emotional nahe an der Kosmischen Kälte, würde ich dir nicht diesen kleinen Gefallen tun. Ruf mich einfach an, wenn du ein Date mit der Elfe hast und gib mir ihre Koordinaten durch.«

Pling. Der Sonnenwind hat abrupt aufgelegt. Der Mond legt nach diesem Telefonat an Leuchtkraft zu und auf der Erde wird sofort fleißig daran gearbeitet, die Bevölkerung zu vermehren. Dann ruft der Mond den Zentralnebel an. Er zittert, so nervös ist er. Hängt es doch davon ab, ob er zwei kleine Asteroidenfresser bekommt, die ihm die Küchenzeile einbauen.

»Zentrrralnebel am Aparrrat«, knarrt es aus dem Hörer.
»Erdenmond hier. Ich grüße dich aus der Ferne und komme gleich mal zu meinem Anliegen. Hast du ...«
»Du wirrrst ja immerrr fixer, Jungchen«, unterbricht ihn der Zentralnebel unwirsch, »möchtest wohl gerrrn wiederrr schwarrrze Löcher stopfen, hä?«
»Keineswegs, oh großer Zentralnebel, ich möchte dich um etwas bitten.«
»Ich hörrre. Nun, da du den Galaktischen Orrrden trrrägst, bin ich geneigt, mich mit dirrr verrrnünftig von Mann zu Mann zu unterrrhalten. Was ist dein Begehrrr?«
»Ich werde mich modernisieren. Und dazu könnte ich zwei oder drei deiner Asteroidenfresser gebrauchen. Als Aushilfspersonal, sozusagen.«

»Moderrrnisierrren? Wo kommen wirrr denn da hin? Es rrreicht doch wohl, dass uns deine irrrdischen Kumpels schon haufenweise Sonden hochschießen. Glücklicherrrweise bin ich da weit außen vorrr. Also sprrrich.«

»Ich möchte weiter nichts als eine Küchenzeile. Und dazu benötige ich Monteure.«

»Küchenzeile? Was ist denn in dich gefahrrren?«

»Ich lerne kochen.«

»Du bist plemplem!«

»Nein, ich lerne kochen und basta. Leihst du mir die Asteroidenfresser?«

»Errrst, wenn du mirrr sagst, was dich an die Töpfe trrreibt.«

»Die kleine Sterneputzerin.«

»Natürrrlich, das hätte ich gleich wissen müssen. Eurrre Verrrliebtheit hat man ja schon bei derrr Orrrdensverrrleihung nicht überrrsehen können. Du bekommst die Asterrroidenfrrresser. Aber behandele sie sorrrgfältig, denn wenn meine Kolonnen geschwächt sind, schlagen die Schwarrrzen Löcherrr überrr die Strrränge.«

Der Mond bedankt sich und legt auf. Nach einem Telefonat mit Dieter von der Sternestaub-Bar hat er alles geklärt und nach fünf Tagen ist seine Küchenzeile montiert. Er informiert den Sonnenwind für den ersten Elfenstrahl.

Quittengelee

Die Elfe erwacht, weil ihr etwas in der Nase kitzelt. Der Sonnenwind schickt ihr einen zarten Strahl und flüstert: »Der Mond erwartet dich zur ersten Abstimmung deines versprochenen Kochkurses. Richte die Spitze deines Elfenstabes auf den Strahl, er wird dich nach oben führen.«

»Hui, was ziehe ich nur an?«, murmelt die Elfe vor sich hin und öffnet den Wurzelkleiderschrank. Sie wählt ein fliederfarbenes Kleid aus Hagebuttenfasern und folgt dem Sonnenwindstrahl. Edelstahlglänzend blendet sie die neumondische Küchenzeile.

»Wie schön«, sagt sie, »ein wenig moderner als meine gusseiserne Küche unterm Hollerbusch. Mond, wo bist du?«

Der Mond fläzt in seiner Hängematte und erhebt sich. Natürlich hat er gerade wieder von seiner kleinen Sterneputzerin geträumt und muss sich erst einmal sammeln.

»Oh, da bist du ja schon. Schau dich um und genieße erst einmal die Aussicht, ehe wir zur Tat schreiten.«

Die Elfe ist perplex. Es funkelt und glimmert unter ihr und sie hat keine Kennung.

»Hier, nimm mein Monokel«, sagt der Mond zu ihr, »dann kannst du dein Reich von oben betrachten.«

Die Elfe sieht ihren Hollerbusch, die tanzenden Rosenkäfer und ihren Bruder Zwiesel, der schon wieder Schabernack treibt und Grashüpfern die Beine wegzieht.

»Schau mal, was ich dir mitgebracht habe. Ein Glas Quittengelee!«

»Quittengelee? Meinst du, davon wird meine Sterneputzerin satt?« fragt ungläubig der Mond.

»Du musst wirklich noch sehr viel lernen. Quittengelee soll nicht satt machen, sondern die Geschmäcker am Morgen, welche die Gefühle der Nacht noch in sich tragen, erneut aktivieren. Das sogenannte Nachbeben. Wir reden hier vom Frühstück.«

»Aha, na ja - denn also. Wie kocht man den?«

»Das hier ist natürlich schon fertig, aber merke:«

Birnenquitten mit einem Küchenbeil vierteln, die Blüten und Stiele weghacken und im Entsafter so lange kochen, bis alles Wasser verbraucht ist - eventuell Wasser nachfüllen.

Den Quittensaft entsprechend dem Gelierzucker abmessen, aufkochen und in Gläser füllen.

Vorher hast du dir folgendes bereit gelegt:
-Minzeblätter
-Fein gehackten Ingwer
-Eingelegten roten Pfeffer
-Feingehackte Chilischote

Diese gibst du separat in die Gläser und hast so vier Chargen Quittengelee. Jede Version ist in ihrer Süße deftig und regt den Appetit nach einer Nacht mit deiner Sterneputzerin an, um neue Kräfte zu sammeln. Um die Auswahl zu erleichtern, beschrifte die Gläser! Je nach Befinden, wird sie selbst auswählen.
Merke: Greift sie nach Chili oder Pfeffer …

Die Elfe rutscht den Sonnenwindstrahl wieder herunter und lässt den Mond für's erste ratlos zurück. Dem muss ich noch eine Menge beibringen, denkt sie und legt sich erst einmal schlafen, denn auf den Mond zu schreiten hatte sie sich doch etwas einfacher vorgestellt.

Südländischer Hackbraten mit Lavendel

Drei Tage vor Neumond im Januar steht der erste Kochkurs an und die Elfe hängt sich ihre Umhängetasche über die Schulter und schreitet auf dem Sonnenwind-Strahl hoch zum Mond. Dieser ist schon aufgeregt und erwartet die Elfe in seinem Schlafrock, seinem einzigen privaten Kleidungsstück.

»Oh, was duftet hier so herrlich, kleine Elfe? Ich habe alle Zutaten, die du mir genannt hast, von Dieter liefern lassen. Aber du scheinst noch etwas in deiner Umhängetasche zu haben.«

»Das ist frischer Lavendel. Ich denke mir, dass er uns hilft, deine Sterneputzerin gleich mit dem ersten Gericht zu betören. Seine Geschmacksnote im Braten wird ihre Zunge streicheln... und ihre Seele. Das ist jetzt im Winter ein wenig nötig. Hast du alle Zutaten beisammen?«

»Wie du mir aufgetragen hast. Ich zähle mal auf:«
1 kg Gehacktes halb und halb
3 Eier
geriebene Semmel oder eingeweichtes Brötchen
1 große Zwiebel oder noch besser 3 - 4 Schalotten
Knoblauch, nicht zu wenig (ca. 1 Knolle)
Salz und Pfeffer
Kräuter der Provence (getrocknet)
und frischer Schnittlauch, Thymian, Oregano,
ein wenig Lavendel
1 kleines Glas Oliven (135g)
1 kleines Glas Kapern (60g)
9 Walnüsse

»Na, dann kann es losgehen«, sagt die Elfe zum Mond. »Schnapp dir dein kleines Küchenmesser mit dem Holzgriff, schäle die Schalotten und schneide sie in kleine Würfel. Ebenso den Knoblauch. Ich kümmere mich um die Kräuter.«

Der Mond schnippelt und stellt sich natürlich erst einmal saudumm an. Er kann zwar Limetten vierteln, aber Schalotten in kleine Würfel schneiden muss er noch üben. Er denkt dabei an seine Sterneputzerin und schon geht es ihm leichter von der Hand. Derweile zupft die Elfe die Blüten von den Lavendelzweigen und streift die Blätter ab. Diese schneidet sie mit den anderen Kräutern klein. Ein wenig Mühe macht es schon, aber die Elfe hatte dem Mond aufgetragen, keine fertigen Zutaten aus irgend einem Galaktischen Supermarkt liefern zu lassen. Als sie fertig ist, schaut sie zum Mond.

»Bist du fertig? Gut, dann können wir loslegen. Ist eigentlich ziemlich simpel:

Das Gehackte kommt in die große Schüssel, die zwei Eier schlagen wir auf und geben sie hinzu, Salz und Pfeffer nach gutdünken, dann alle anderen Zutaten. Halt! Die Nüsse. Knack sie bitte auf, ich zerkleinere sie dann mit einem Messer.

Jetzt alles gut vermengen und auf einem Backblech ein Brot formen. Vorher gießen wir etwas Olivenöl auf das Backblech. Na? Sieht doch aus wie ein Brot oder? Ich schiebe es auf dem Blech ein wenig hin und her, damit Öl darunter kommt und es nicht anbackt.

Ein richtiges Brot hat oben manchmal eine lange Rille, die verpasse ich unserem Brot jetzt mit dem Finger. Weißt du, wozu wir die noch brauchen? Da löffeln wir später immer mal ein wenig vom Bratensud rein. Kann man zum Schluß auch etwas Weinbrand reingießen. Den Ofen stelle ich mal auf 200° C bei Umluft und auf das Blech gebe ich noch ein wenig Wasser zum Öl, damit der Braten nicht zu trocken wird. Wenn Wasser und Öl blubbern, stellen wir die Umluft ab, also nur Ober- und Unterhitze und die Temperatur auf 170°. Na ja, und dann schauen wir einfach immer mal rein und nehmen eventuell die Temperatur ein wenig runter. Wenn er zu braun wird und begießen wir die Rille. Ganz zum Schluss, wenn wir mit der Gabel festgestellt haben, dass er durch ist, drehen wir noch mal auf Umluft bei 200° und lassen ihn kross werden. In Scheiben geschnitten und ein wenig Baguette mit Kräuterbutter dazu, wirst du deine Sterneputzerin mit deinem ersten Gericht bestimmt überraschen. Gaaanz wichtig beim Garen aber ist roter Küchenwein, mit welchem man die Garzeit überbrückt. In diesem Fall ein Bordeaux. Gieß mir mal ein Glas ein!«

Als der Hackbraten fertig ist und der Mond sehnsüchtig seine Sterneputzerin erwartet, macht sich die Elfe auf den Weg heimwärts. Der Bordeaux war wirklich gut, denn die Elfe muss sich manchmal krampfhaft am Sonnenwindstrahl festhalten, um nicht nach unten zu sausen.

Viertelmond-Sonett

Viertelmond, du alte Sichel,
willste nicht mal Leine ziehn?
Bist nichts halbes und nichts ganzes,
bist nicht weg und nicht am glühn.

Mann, was hab ich für ein Kribbeln,
tief von unten kommt es her,
doch mir fehlt dein volles Leuchten
und die Lider werden schwer.

Werden schwer, dass ich bald schlafe,
doch du sichelst immerfort,
meine Hand, die fühlt hinüber,
plötzlich einen zarten Ort.

Ach, was fühl' ich - müde Finger,
wachen auf und streicheln sanft,
neben mir ertönt ein Seufzen,
so, wie ich's schon oft gekannt.

Und du Flöte wirst nicht größer,
grade heute bist du schmal,
doch ich sag dir eines nicht:
Na dann v'leicht ein andres mal.

Nix da, Freund, denn wenn es kribbelt,
kribbelt es bis hin zum End'.
Und das Seufzen wird schon stärker,
dass ich sag: Mach hoch das Hemd.

Ja, da guckst du, schmaler Blödmann,
denkst nur an den vollen Schein.
Aber Menschen, wenn es kribbelt,
könn' auch sichlig zärtlich sein.

Hühnersuppe gegen Erkältung

Der Himmel ist sternenklar und der Frost knackt wieder einmal so richtig im Februar. Die Elfe ist durchgefroren als sie beim Mond ankommt, obwohl sie ihre Mütze aus Hummelpelz übergestülpt hat. Sie niest ein wenig und sieht, wie der Mond verstohlen ein Caipirinha-Glas hinter seine Mondbar schiebt.

»Du hast wohl eben einen genippt, was?« fragt die Elfe und muss danach schon wieder niesen.
»Das täte dir bei deinem Schnupfen aber auch gut. Ich glaube, die Kosmische Kälte hat mitbekommen, was wir hier oben treiben und will uns ein wenig sabotieren.«
»Da lassen wir uns gar nicht beeindrucken. Wenn deine kleine Sterneputzerin kommt und eventuell auch einen Schnupfen hat, kannst du ihr ein Süppchen vorsetzenwelches sie aufmuntert und Kraft für euer Schäferstündchen gibt. Haben wir alle Zutaten?«

1 Hähnchen
3 rote Zwiebeln
1 kleine Knolle Knoblauch
1 Stange Porree
1/2 Knolle Sellerie
5 Möhren
1 rote Paprika
1 Chilischote
5 cm Ingwer

13 Wacholderbeeren
5 Körner Piment
grobes Mehrsalz
11 Pfefferkörner
5 Blätter Lorbeer
1 Tasse Reis

»Dann geben wir jetzt das gewaschene Hähnchen in den großen Suppentopf, so viel Wasser dazu, dass es gerade bedeckt ist, einen gestrichenen Esslöffel voll grobem Meersalz, Wacholder, Piment und Lorbeerlaub sowie die Pfefferkörner und bringen es zum Kochen. Während es dann vor sich hin köchelt, schälen wir die Zwiebeln, halbieren sie und schneiden dünne Scheiben. Danach den Ingwer schälen, ebenfalls in dünne Scheiben schneiden und diese wiederum in schmale Streifen. Die Chilischote längs aufschneiden. Wer es richtig scharf mag, lässt die Körner drin - ansonsten raus damit. Die halbierte Schote in Streifen schneiden und alles dem köchelnden Hähnchen zugeben.

Nun schälen wir die Möhren und scheiden sie in schmale Scheiben, den Porree in etwas breitere, der Sellerie wird nach dem Schälen gewürfelt. Zuletzt noch die Paprikaschote würfeln oder in kleine Streifen schneiden.«

»Aha«, sagt der Mond, »und wer bekommt dann den Hahn? Ich oder die Sterneputzerin?«

»Was bist du nur für ein Trollo, alter Mond. Warte ab, bis der Hahn gar ist. Dann holen wir ihn aus dem Topf und lösen das Fleisch ab und schneiden es in mundgerechte Stücke. Ich hoffe, du weißt, was ich mit mundgerecht meine, alter Gierschlund. Die Pelle - also die Haut - kommt auch wieder in die Suppe. Wir kochen hier nicht für Weight Watchers, sondern etwas gegen die Erkältung. Und da benötigt man nicht nur Vitamine, zusätzlich auch ein wenig etwas zur Stärkung.«

»Und was machen wir mit den Knochen?«

»Manno! Die kommen in den Mülleimer! Hast du überhaupt einen?«

»Nee. Habe hier ja keine Reste. Außer die Limettenschalen für meinen Caipirinha und die werfe ich immer gleich ins All.«

»Das mutet hier wirklich alles sehr mittelalterlich an. Ab ins All.Die intergalaktische Wegwerfmethode ohne Gefahrenbremsung für irdische Raumfahrer. Die halten womöglich deine kosmischkälteschockgefrorenen Limettenschalen glatt für Meteoriten. Einige Gerätschaften wirst du dir hier wohl noch anschaffen müssen. Was machen wir nun mit den Schalen und den Knochen?«

»Die deponieren wir hinter meiner Mondbar und Dieter kann sie entsorgen, wenn er die Lieferung für den nächsten Kochkurs bringt.«

»Na dann sieh zu, dass die Sterneputzerin nicht hinter die Mondbar lugt. So, der Hahn ist gar, jetzt geht es ihm an den Kragen. Du machst das jetzt. Ich schmecke mal die Brühe ab und würze etwas nach.

Meine Zutaten sind von der Menge her eher etwas leger angesetzt. Entscheidend ist jederzeit die Kostprobe während der Zubereitung. Und damit steigt die Individualität des Gerichts. Ist ja auch eine Entscheidung der jeweiligen Stimmung beim Kochen. Ach ja, kipp mir mal bitte noch einen Rotwein ein, sonst wird das überhaupt nix!Meine Geschmacksknospen und meine Laune müssen immer hoch gehalten werden.«

Der Mond wischt sich die Hände sauber und gießt der Elfe Rotwein nach - einen trockenen Portugiesen. Dann nimmt er die Gelegenheit beim Schopfe, um sich einen kräftigen Caipirinha zu mixen. Sie stoßen beide an und widmen sich wieder ihrer Arbeit.Der Mond puhlt und schneidet und die Elfe kostet und spült mit Rotwein nach.

»Ich bin zufrieden«, sagt die Elfe, »jetzt kommt das restliche Gemüse hinzu und der Reis. Lassen wir alles köcheln, bis es gar ist. Ach ja, haste noch 'nen Rotwein? Danach schmecke ich noch mal ab, und alles ist erledigt.«

Die Elfe würzt ein wenig nach und hält dem Mond den Löffel hin. »Koste mal. Wenn du meinst, dass es nicht scharf genug ist, dann habe ich noch getrocknete Chilis in meiner Rocktasche.«

Der Mond schlürft den Löffel leer und schaut die kleine Elfe mit großen Augen an.

»Eh, nur nicht schärfer. Vielleicht beim nächsten mal. Da tropft mir ja jetzt schon die Nase. Diese Suppe bringt die Sterneputzerin bestimmt wieder in die Spur. Aber weißt du, ich beiße ja auch ganz gern auf etwas Festes und wenn die Sterneputzerin hier die meiste Suppe weglöffelt, könnte ich noch etwas Winterliches vertragen. Hast du was im Angebot? Dieter liefert innerhalb einer Stunde, die könnten wir uns doch bei Rotwein und Caipirinha vertreiben.«

»Oh ja, da fällt mir spontan etwas ein: Zwiebelkuchen!Ruf Dieter an, er muß ganz schnell ein wenig nachliefern.«

Zwiebelkuchen

Es dauert nicht lange, und der Intergalaktische Eilservice bringt die bestellten Zutaten. Die Elfe sortiert alles und instruiert den Mond.

»Schau her, was wir haben:
1 Packung fertigen Hefeteig
7 große Zweibeln
231 g geräucherter Schinkenspeck, gewürfelt
ein wenig Schmalz
1 Becher Crème Fraich
3 Eier
Salz und Pfeffer
Kümmel
Muskatnuss

Zuerst schneiden wir die Zwiebeln. Ohne viel Firlefanz nach dem Häuten halbieren und die Hälften in Streifen schneiden, diese dann in grobe Würfel. Aber zuerst legen wir den Hefeteig auf dem Backblech aus, damit er noch etwas gehen kann. Also - Zwiebeln schneiden hast du ja schon geübt, leg los!«

Dem Mond kommen die Tränen, aber er hält tapfer durch und reicht der Elfe die Schüssel mit den geschnittenen Zwiebeln.

»Dann kann es losgehen«, sagt die Elfe. Zuerst braten wir den Schinkenspeck in Schmalz an und tun ihn dann in eine Schüssel. Jetzt die Zwiebeln in die Pfanne bis sie glasig sind, salzen und pfeffern nicht vergessen! Wir vermengen die glasigen Zwiebeln mit der Hälfte Schinkenwürfel und Kümmel nach gutdünken und verteilen sie auf dem Hefeteig.

Jetzt kommt der Guss an die Reihe. Dazu schlagen wir die Eier in eine Schüssel, geben Salz und Pfeffer hinzu, reiben Muskatnuss darüber und geben die Crème Fraiche hinein. Alles gut verrühren und über die Zwiebeln gießen. Die restlichen Schinkenwürfel kommen oben auf, als Dekoration sozusagen. Bei 200°C im Backofen sollte der Zwiebelkuchen in ungefähr 45 Minuten fertig sein.«

»Und was trinken wir dazu?« fragt der Mond lechzend.

»Dazu gibt es einen trockenen Chardonnay oder einen Weißen Burgunder. Laß uns mal beide kosten während der Zwiebelkuchen im Ofen ist.«

Letztendlich entscheidet sich der Mond für einen Maybach, den er seiner Sterneputzerin anbieten wird. Denn eigentlich bleibt ihm nichts anderes übrig - den Chardonnay tranken die beiden aus, als der Zwiebelkuchen im Ofen war.

Fisch mit Fenchel

Der Mond bewegt sich auf das Osterfest zu und die Elfe meint, dieses mal gibt es Fisch mit Fenchel und Oliven. Dazu hat sich der Mond folgendes liefern lassen:

3 Wolfsbarsche
3 kleine Knollen Fenchel
1 Chilischote
Knoblauch
1 Zitrone
1 kleines Glas schwarze Oliven
körniges Meersalz in der Mühle
Pfeffer
Olivenöl
Reis
3 Flaschen Chardonnay

»Also, das ist recht einfach und geht schnell. Wir waschen den Fenchel und schneiden ihn in Ringe. Die Zitrone halbieren wir, eine Hälfte schneiden wir in Scheiben. Die Zitronenscheiben kommen mit Knoblauch in die Wolfsbarsche. In die Auflaufform geben wir Olivenöl und ein wenig Wasser. Nun salzen wir die Fische von einer Seite und legen sie mit dieser nach unten in die Auflaufform. Grobes Meersalz aus der Mühle und Pfeffer drüber. Nun legen wir die Fenchelringe um die Fische, dazu noch Knoblauch und die in kleine Ringe geschnittene Chilischote. Die Oliven längs halbieren und über den Fenchel verteilen.

Sieht schon ganz gut aus, oder? Nun drücken wir noch die halbe Zitrone über den Fischen aus und schieben die Auflaufform in die Röhre. Derweile können wir schon den Reis in kaltem Salzwasser ziehen lassen, bevor wir ihn in einer halben Stunde kochen.«

»Und wozu drei Flaschen Chardonnay?« fragt der Mond.

»Na, zwei sind der Küchenwein, den wir während der Garzeit trinken und mit dem wir ablöschen, wenn das Öl heiß ist. Die andere Flasche ist für deine kleine Sterneputzerin und dich.«

»Aha, und wie lange muss der Fisch im Ofen sein?«

»Ich gehe da immer ein wenig vorsichtiger ran, also schonend garen! Stelle erst einmal auf Umluft 220°C und dann, wenn das Öl heiß ist und wir ablöschen, auf Grill bei 150 bis 170°. Da musst du schauen, dass der Fenchel nicht braun wird. Sieht ja dann auch nicht mehr schön aus. Vom Reis füllst du eine Tasse voll ab und gibst die doppelte Menge Wasser und ein wenig Salz hinzu. Wenn er kocht, nimmst du die Temperatur runter und rührst ab und an um, damit er nicht am Boden anbackt. Tja, dann müsste alles zur selben Zeit gar sein.«

Der Mond und die Elfe trinken den restlichen Chardonnay aus und als die Elfe auf dem Sonnenwindstrahl wieder hinab steigt, duftet es himmlisch nach Fenchel. Der Mond mixt sich schnell noch einen Caipirinha, ehe die Sterneputzerin kommt.

Lammrücken mit Möhren

Das Aprilwetter hält die Bäume wie immer nicht davon ab, ihre Knospen auszubilden und die Elfe meint, es wäre jetzt Zeit für einen Lammbraten. Dafür musste Dieter einen Rücken von einem Kamerumschaf auftreiben. Kamerunschafe schmecken mehr in Richtung Wild, überhaupt nicht nach Hammel und sind sehr zart.

Alle Angaben können variieren, je nach Geschmack und Stimmung.

1500 g Lammrücken
3 rote Zwiebeln
1 Knolle Knoblauch
5 Möhren
1 kleines Glas schwarze Oliven
1 Zitrone
1 Chilischote
7 Zweige Rosmarin
7 Wacholderbeeren
Rosmarin gerebelt oder klein geschnitten
Salz und Pfeffer
Olivenöl
7 Kartoffeln
1 Flasche Chardonnay
1 Flasche California Red

Der Mond wundert sich, weil die Elfe schon einen Tag vor dem eigentlichen Kochkurs gekommen ist.

»Tja, mein Lieber, heute legen wir das Fleisch erst einmal ein. Es muss über Nacht ein wenig ziehen. Pass aber gut auf, dass die Kosmische Kälte es nicht gefrieren läßt.

Wir nehmen wieder die Auflaufform, denn darin wird unser Gericht auch serviert. Ein wenig Öl hinein und den Lammrücken. Den bestreuen wir mit Salz und Pfeffer. Die Zwiebeln schneiden wir in Ringe und verteilen sie neben dem Rücken, dazu kommen klein geschnittener Knoblauch und die Ringe der Chilischote. Und damit alles parrell aussieht – meine Freundin die alte Kunkel sagt immer parrell, wenn sie parallel meint – rechts und links je drei Rosmarinzweige, den siebenten quer am Kopfende. Die Zitrone pressen wir aus und gießen den Saft vorsichtig über den Lammrücken. Wenn zu viel Salz und Pfeffer abgespült werden, geben wir etwas nach. Nun tröpfeln wir langsam Olivenöl über den Kamm des Rückens bis es seitlich herunterläuft. Jetzt noch ein wenig gerebelten Rosmarin über den Rücken streuen und zwei Gläser Chardonnay hinzu - fertig. Mit Alu- oder Frisch-haltefolie abdecken und über Nacht kühl ruhen lassen. Bis morgen dann. Bevor ich komme, kannst du schon einmal die Möhren putzen und in Scheiben schneiden. Ebenfalls die Kartoffeln schälen und längs vierteln.«

Pling – und die Elfe ist verschwunden. Der Mond schaut verduzt, stellt den Lammrücken kühl und mixt sich erst einmal einen Caipirinha. Er ist wieder voller Vorfreude, denn was er bisher gemeinsam mit der Elfe fabriziert hat, wurde von der Sterneputzerin mit Wohlwollen verspeist und damit wurden die Neumondaktionen in ihrem Himmelbett auch immer köstlicher. »Ach ja« – seufzt der Mond.

Am nächsten frühen Abend nimmt die Elfe die Folie von der Auflaufform und schnuppert.

»Oh, das duftet aber! Jetzt ab damit in die Röhre! Wie immer erst bei Umluft und dann, wenn Öl und Wein köcheln, die Temperatur runter auf 170°C. Wir ziehen den Rost mit der Auflaufform dann ein wenig raus und drapieren die Möhrenscheiben und halbierten Oliven neben den Rücken. Das alles benötigt dann noch ungefähr 45 Minuten. Inzwischen kochen wir die Kartoffeln kurz auf und nehmen sie dann vom Herd. Verteilen Olivenöl auf einem Bachblech. Nun die Kartoffeln und bestreuen diese mit Salz, Pfeffer und nicht zu wenig gerebeltem Rosmarin. Wenn der Lammrücken gar ist – reinstechen, schauen, eventuell etwas länger im Ofen lassen. Temperatur je nach Farbe des Fleisches und der Möhren nach oben oder unten regulieren – dann schieben wir das Blech mit den Rosmarinkartoffeln in den Ofen und erhöhen wieder die Temperatur. Da wir die Kartoffeln vorgekocht haben, sollte es nicht all zu lange dauern, bis sie ein wenig knusprig sind. Der Lammrücken wird ein wenig abgedeckt, damit er nicht zu sehr auskühlt. In solchem Fall kann er nach den Kartoffeln ja noch mal kurz für drei Minuten in den Ofen. So, lass uns noch ein Gläschen von dem restlichen Chardonnay trinken und dann verabschiede ich mich. Das Beobachten des Bratens und den Entscheid über die Garzeit überlasse ich dir ganz allein, damit du nicht stur nach Vorgaben kochst, sondern Gefühl entwickelst. Zum Essen trinkt ihr dann diesen milden trockenen California Red.«

Nachdem die Elfe ihr Glas geleert hat, macht es wieder Pling – und weg ist sie.

Der Mond vertieft sich ganz allein in seine langsam wachsenden Kochkünste.

Eingelegtes Grillfleisch und Bouletten

Es ist Mai und überall räuchern die Grille und es brutzelt und riecht nach Bier und Flieder. Saufende Männer grölen hinter den Büschen - und dort riecht es anders. Die Elfe ist empört. Als die Zeit für den nächsten Kochkurs heran ist, erscheint sie wieder einen Tag früher beim Mond und hat eine prall gefüllte Umhängetasche dabei.

»Salut, maître cuisinier Lune. Heute legen wir uns selbst etwas Feines ein, was dann morgen auf den Grill kommt. Ohne Geschmacksverstärker und E321 und Bi58, ohne Weichmacher und ohne Farbstoffe. Lass uns loslegen!«

»Salut, petit sylphide. Was hast du nur in deiner prallen Umhängetasche?«

»Frische Kräuter. Die werden wir gleich klein schneiden für unsere Marinaden. Eine nehmen wir für Geflügel, die andere für Schweinenacken. Der Schweinenacken ist hoffentlich vom Schweinebauern und die Hähnchenbrüste vom Geflügelhof?«

»Du müsstest langsam wissen, dass uns Dieter an Frischware keine Zutaten aus dem Galaktischen Supermarkt liefert. Er nimmt für uns einige Wege in Kauf. Wir haben also:«

4 Nackensteaks
8 Hähnchenbrustfilets
1 kg Gehacktes halb und halb
5 kleine Zwiebeln

1 Knolle Knoblauch
1 Orange
7 Wacholderbeeren
5 Lorbeerblätter
Pfeffer aus der Mühle
Salz
Senf
Olivenöl
6 Walnüsse
6 schwarze Oliven ohne Stein
3 Eier
Geriebene Semmel vom Bäcker
1 Flasche Portwein
1 Flasche Weißen Burgunder

»Und dazu meine frischen Kräuter«, sagt die Elfe:

Schnittlauch
Thymian
Oregano
Rosmarin
Lavendel
Salbei
Pfefferminze

»Zuerst die Nackensteaks. Wir schneiden zwei Zwiebeln in Ringe und bedecken mit einigen Zwiebelringen den Boden einer Schüssel. Hinzu kommen zwei Lorbeerblätter und drei Wacholderbeeren. Etwas Knoblauch darf nicht fehlen. Nun legen wir zwei Nackenstaeks darauf und bestreichen sie mit Senf und geben Pfeffer aus der Mühle darüber. Neben und zwischen das Fleisch legen wir Rosmarinstängel. Auf das Fleisch kommen dann die restlichen Wacholderbeeren, die Lorbeerblätter, Zwiebeln, ein wenig Knoblauch und einige Thymianzweige. Drücke mit dem Finger in die Mitte von jedem Steak, so dass eine Kuhle entsteht, und gieße in diese etwas Portwein hinein. Danach ein wenig Olivenöl.Beides kann ruhig überlaufen, denn wir brauchen ja in der Schüssel die Marinade. Die beiden anderen Steaks obenauf legen, ebenfalls mit Senf bestreichen und pfeffern. Dann die gleiche Prozedere mit Kuhle, Portwein und Öl.. Dieses mal müssen wir nicht zu sparsam sein.«

Der Mond wischt sich den Senf von den Fingern und gießt für beide erst einmal ein kleines Glas Portwein ein. Die Steaks bedeckt er mit einem passenden Teller, den er umgedreht in die Schüssel auf die Steaks legt und mit einem Mondstein beschwert.

»Nun kommen die Hähnchenbrustfilets an die Reihe. In dieser Schüssel basteln wir ein Nest aus Knoblauch, Rosmarinzweigen, Salbei und geriebener Orangenschale. Dazu einen Schuß Weißwein. Jetzt legen wir eine Schicht Hähnchenbrustfilets aus und reiben Orangenschale darüber, ein wenig Pfeffer aus der Mühle und bedecken sie mit Minze- und Salbeiblättern. Danach träufeln wir ein wenig Olivenöl drauf. Die nächste Schicht Filets und alles noch einmal an Kräutern und etwas mehr Olivenöl. Die Orange pressen wir aus und gießen den Saft am Rand der

Schüssel vorsichtig rein, so dass er uns nicht die Kräuter von den Filets spült.

Das war's für heute. Stelle alles kühl und gieße uns noch einen Portwein ein!«

Anderntags werden die Bouletten gemacht. Wie damals für den Hackbraten, wird das Fleisch mit den Eiern, Salz und Pfeffer, klein gewürfelten Zwiebeln, Knoblauch und geriebener Semmel vermengt. Dazu kommen die klein geschnittenen frischen Kräuter:

Schnittlauch
Thymian
Oregano
Rosmarin
Lavendel

»Nun formen wir die Bouletten«, sagt die Elfe. »Und das wird der Clou. Die füllen wir nämlich – die einen mit Walnusshälften, die anderen mit einer Olive. Mache die nicht zu groß, dann werden es 12 Stück. Ein wenig flach gedrückt lassen sie sich besser grillen.«

»Was wird denn mit der Marinade und welche Saucen gibt es zu dem Gegrillten?« fragt der Mond.

»Die Marinade kannst du zum Überpinseln während des Grillens nehmen oder stellst einen gusseisernen flachen Bräter an den Rand des Grills, um das Gegrillte warm zu halten. Da kannst du die Marinade hinein geben. Sauce gibt es nur eine dazu, und die werden wir jetzt zubereiten.«

Elfensauce

Diese Sauce hat die Elfe ursprünglich zu einem Wildschweinbraten kreiert. Da aber alle so begeistert davon waren, kommt die Sauce zu allem Deftigen auf den Tisch.

1 Glas Preiselbeeren
1 Orange
3 Schoten Chili
1 Flasche Sherry
1 Schalotte
Knoblauch
5 cm Ingwer
1 Löffel Honig
150 g Tomatenmark
eingelegte rote Pfefferkörner
Olivenöl

»Hat Dieter den Pürierstab geliefert? Den benötigen wir heute nämlich. Ansonsten stehe ich ja nicht so sehr auf pürierte Saucen, da denke ich immer gleich an's Altersheim. Aber manchmal ist es beim Kochen erforderlich, einen Pürierstab anzuwerfen.«

»Alles wie befohlen, oh holde Elfe. Da ist er – in knallrot.«

»Werde mal nicht komisch, Mond. Ich vermute mal, den hat Dieter knallrot ausgewählt, weil fast das ganze Universum Kenntnis von deiner Verliebtheit hat. Sogar der Zentralnebel nimmt schon Rücksicht auf dich und lässt dich mit außerordentlichen galaktischen

Aufgaben in Ruhe. Nun denn:

Olivenöl in einem hochwandigen Tiegel mit Stabgriff erhitzen und die kleingewürfelte Schalotte und den Knoblauch glasig werden lassen. Dann kommen der fein gewürfelte Ingwer und das Tomatenmark hinzu. Rühren und ein wenig mit Sherry ablöschen. Jetzt kommt ein halbes Glas Preiselbeeren in den Tiegel, die klein geschnittenen Chilischoten und die roten Pfefferkörner. Abschmecken nicht vergessen! Die Orangenschale über dem Tiegel abreiben und einen Löffel Honig dazu geben. Jetzt kommt der Pürierstab in Aktion. Sieh zu, dass die Chili gut zerkleinert wird. Die Orange pressen wir aus und geben den Saft dazu. Immer schön köcheln lassen und zum Schluss die restlichen Preiselbeeren in die Sauce geben. Je nach gewünschter Konsistenz mit Sherry verfeinern - sollte Schärfe fehlen, noch etwas Chilipulver hinzu fügen.
Darauf trinken wir noch einen Sherry und dann mache ich mich wieder auf den Weg nach unten.«

Auch dieses mal musste sich die Elfe ein wenig am Sonnenwindstrahl festhalten, denn beim Kosten der scharfen Sauce ist es doch ein Glas Sherry mehr geworden.

Der Mond konnte seine Sterneputzerin bezaubern und dichtete für sie in Erinnerung an diesen wundervollen Abend einige Zeilen.

Elfensaucen-Zeiler

Caliculi gustatorii haben mich verführt,
als ich Ingredenzien mixte habe ich gerührt,
so als ob ich dich nur schmecke,
und du schmeckst so gut,
hier und da und überall, und es kocht mein Blut,
wie die Sauce, die ich rühre,
so, als hätt'st du mich verführt.

Ich verführe Ingwer, Chili, Preiselbeer'n,
Orangensaft,
Tomatenmark, 'nen Löffel Honig, Knoblauch,
Rotwein noch dazu
und dann koste ich genüßlich
- hab dabei die Augen zu.
Ach, ist das 'ne Elfensauce
- wieder 'nen M-O* geschafft.

Dazu braucht man schon ein zartes:
Sternenwesen, ganz apartes.

(* Mundorgasmus)

Holunderblüten in Eierkuchenteig

Es ist Juni und die Rosenkäfer bevölkern die Holunderblüten. Sie glänzen grüngolden in der Sonne und die Elfe hat ihren Bruder Zwiesel und seine Kumpels im Schlepptau. Sie pflücken leuchtend weiße Holunderblüten in ihre Umhängetaschen. Als der Trupp beim Mond ankommt, macht der große Augen.

»Was geht denn hier vor? Machst du jetzt Massenkochkurse oder wollen die alle unseren Küchenwein trinken?« fragt er die Elfe.
»Weder noch. Schau mal, was wir mitgebracht haben, das hätte ich allein doch gar nicht tragen können.«
Alle leeren ihre Umhängetaschen aus. 12 weiße Holunderblüten liegen auf der Mondbar. Zwiesel und seine Kumpels hängen sich ihre Taschen wieder um und verabschieden sich vom Mond.
»Hoi, wer war das? Und was ist das da für ein Kraut auf meiner Mondbar?«
»Das war mein Bruder und seine Freunde. Und das Kraut ist kein Kraut, sondern das sind Holunderblüten von meinem Hollerbusch, unter welchem ich wohne. Die backen wir in Eierkuchenteig. Für den Teig benötigen wir:
3 Eier
170 ml Milch
5 Esslöffel Mehl
1/3 Packung Backpulver

Rum (einen Schuss)
1 Prise Salz
1 Esslöffel Zucker

Das alles verrühren wir mit einem Schneebesen in der Schüssel. Jetzt geben wir Sonnenblumenöl in die hochwandige kleine Pfanne, ditschen die Blüten tief in den Teig und backen sie dann im heißen Öl. Warm schmecken sie am besten. Ist so etwas wie Eierkochen mit Obst am Stiel. Das wird deine Sterneputzerin bestimmt lustig finden.«

»Aber werden wir davon auch satt? Da knurrt uns beiden doch schon am Morgen der Magen. Das ist doch nur die Vorspeise an einem warmen Juniabend, oder?« fragt der Mond entgeistert die Elfe.

Die Elfe feixt. Sieh einmal an, den habe ich aber richtig angefüttert, denkt sie. Na, dann soll er auch wieder etwas deftiges auf den Teller bekommen.

»Natürlich gibt es heute Abend noch einen deftigen Braten. Der wird natürlich nichts daran ändern, dass du am Tag nach Neumond für die Menschen sicheldünn aussiehst, aber der Magen soll dir wirklich nicht knurren.«

Schweinebraten gespickt mit Nelken

Damit der Mond wieder richtig Form annehmen kann, hat Dieter vom Schweinebauern Rux ein wundervolles Stück aus der Keule besorgt.

1 kg Schweinekeule
23 Nelken
Salz und Pfeffer aus der Mühle
Salbeiblätter
Minzeblätter
5 Wacholderbeeren
3 kleine rote Zwiebeln
5 Knoblauchzehen
1 Becher Crème Fraiche
Olivenöl
Sonnenblumenöl
1 Flasche Chardonnay
1 Flasche trockenen Syrah Shiraz

»Das Stück Fleisch sieht wirklich gut aus. Ich pieke jetzt mit der Gabel rundherum Löcher rein, und dort steckst du die Nelken hinein. Nun gießen wir ein wenig Sonnenblumenöl in den Bräter bis der Boden bedeckt ist. Den Braten hinein und salzen und pfeffern. Die klein geschnittenen Zwiebeln, Knoblauch und die Wacholderbeeren dazu und ab in die Röhre. Über Temperaturen und das Temperaturhandling müssen wir jetzt ja nicht mehr reden – das beherrscht du mittlerweile. Nur das

Gucken nicht vergessen. Mit dem Chardonnay musst du ablöschen.«

»Na, das bekomme ich doch hin. Schau mal, ich habe extra eine tolle Fleischgabel mit Holzgriff liefern lassen. Mit der kann ich gut feststellen, wann der Braten gar ist.«

»Nee, das ist nicht so gut. Die macht zu große Löcher, da tritt der Saft aus dem Fleisch. Die kannst du nachher nehmen, wenn du den Braten zerteilst. Zum überprüfen nimm eine mit schmalen Zinken.

Nun zur Sauce. Wenn das Fleisch gar ist, nimmst du es raus und schneidest es in dicke Scheiben. Den Bratensud gießt du in einen hohen Topf, gibst Minze- und Salbeiblätter hinzu und pürierst alles. Dann kommt noch Crème Fraich hinzu und du schmeckst noch mal ab. Die Bratenscheiben servierst du auf einer Platte, die Sauce separat und dazu reichst du Kartoffeln und Erbsen.«

Frühstücksquark mit Ingwer und Knoblauch

Ein Frühstück nach einer kurzen Nacht zum Aufbauen der Lebensgeister sollte auf jeden Fall diesen frischen Quark beinhalten. Am Abend vorher zubereitet entfaltet er über Nacht kühl gestellt seine Kräfte.

1 Becher körniger Frischkäse
1 Knoblauchzehe
1,5 cm Ingwer
Meersalz und Pfeffer aus der Mühle
Olivenöl mit Chili
Olivenöl mit Kräutern

Ingwer und Knoblauch sehr fein schneiden und mit dem Quark in eine kleine Schüssel geben, Salz und Pfeffer darüber mahlen. Von jeder Ölsorte einen Schuss, der Quark soll nach dem umrühren ein wenig ölig aussehen. Einen kleinen Teller auf die Schüssel und kühl stellen. Schmeckt auf allem, was man auf dem Brot hat, und sei es nur Butter.

Hähnchenpfanne

Die Sonne steht hoch und am späten Abend schwärmen die Glühwürmchen zum Hochzeitsflug aus. Wer mag da etwas Schweres essen? Die Elfe ist der Meinung, eine Hähnchenpfanne mit viel Gemüse darin ist jetzt das Beste.

»Tja«, sagt die Elfe, als sie beim Mond ankommt, »heute müssen wir auch ein wenig auf Büchsenware zurück greifen. Und da es Currykraut auch nicht immer zu kaufen gibt, habe ich dir ein Töpfchen mitgebracht. Stell es auf deine Mondbar. Ich schaue noch mal die Zutaten durch:

750 g Hähnchenbrustfilet
3 Zwiebeln
1 kleine Knolle Knoblauch
5 Rote Paprikaschoten
11 Champignons
5 cm Ingwer
1 Chilischote
Chilipulver
Curry-Kraut im Topf
Currypulver
13 Wacholderbeeren
gemahlener Koriander
Olivenöl

1 Büchse Ananasstücke
1 Büchse Mandarinen

1 Glas Stockschwämmchen
1 Glas Spargelstücke
1 Glas Bambusstreifen
1 Büchse Pfirsiche
1 Flasche Sauvignon Blanc
1 Flasche Chardonnay

Zuerst schneiden wir die Zwiebeln klein; halbieren sie, die Hälften schneiden wir längs auf und diese dann in Scheiben. Die Knoblauchzehen halbieren, den Keim entfernen und die Hälften in Scheiben schneiden. Also – das machst du. Ich schneide das Hähnchenbrustfilet in mundgerechte Stücke. Dann nehme ich mir den Ingwer vor – in Scheiben schneiden und diese dann in Streifen. Bleibt noch die Chilischote. Die wird längs halbiert und die Hälften in Scheiben geschnitten. Los geht's!«

Beide schnippeln um die Wette und dem Mond kommen schon wieder die Tränen. Die Elfe feixt und dreht zwischendurch einen Looping über der Mondbar. Der Mond lässt sich nicht irritieren und schneidet tapfer weiter. Als alles geschnitten ist, sagt die Elfe:

»Also, mein Guter, hast ja mächtigen Flüssigkeitsverlust. Wir machen das so: Die Flasche Sauvignon Blanc trinkt ihr zum Essen, den Chardonnay degradieren wir zu unserem Küchenwein. Damit du mir hier nicht dehydrierst.«

Nach einem Gläschen Chardonnay gibt die Elfe Öl in den Bräter und in das heiße Öl die Hähnchenfleischstücken. Dazu kommen die Zwiebeln, Ingwer, Knoblauch und Chili und mit ihrem Holzlöffel rührt sie immer mal wieder um, damit nichts anbrennt. Derweile schneidet der Mond die roten Paprika in kurze Streifen. Die kommen, als das Hähnchenfleisch Farbe angenommen hat, hinzu. Dann Salz, Currypulver und Chilipulver. Sie schneidet vom Currykraut 7 Stängel ab und bindet diese mit einem Faden zusammen. Das Bund kommt in die Mitte des Bräters. Mit einem Schuss Chardonnay wird abgelöscht. Nach 23 Minuten werden die Gläser und Büchsen geöffnet.

»Den Saft von den Früchten gießen wir in Gläser, damit du nicht immer nur Alkoholika verkonsumierst. Die Flüssigkeit aus den anderen Büchsen kannst du wegkippen. Jetzt noch schnell die Champignons in Scheiben schneiden und dann kommt alles in den Bräter. Umrühren, kurz aufkochen lassen und schon ist die Hähnchenpfanne fertig. Dazu gibt es Reis. Allerdings schmeckt sie besser, wenn du sie einige Stunden ziehen lässt und vor dem Essen wieder aufwärmst.

Ach ja, hier noch einige Verse zu deiner Erheiterung, welche mir ein Glühwürmchen ins Ohr geflüstert hat.«

Glühwürmchen-Zeiler

Ein Glühwürmchen sagte: Schau mal da,
da sitzen zwei und sind sich so nah,
da machen wir heut Abend Programm
– los Leute, macht eure Lampen an.

Es glimmert und limmert und der Glühwürmchen
Tanz
malt Bogen in die dunkle Nacht.
Und die Bogen wogen und uns wird ganz warm,
es dimmt eine zärtliche Macht.

Ich fange eins von diesen Banausen,
doch es macht sein Licht nicht aus.
Es glimmt auf der Hand, so als wollte es sagen:
Ihr habt ein gemütliches Haus.

Ein Haus mit viel Wärme und so leuchte ich euch,
ihr wisst schon, was ich meine.
Und wir sitzen erstaunt und schauen uns an
inmitten vom Glühwürmchenscheine.

Und matter wird das Glühwürmchenlicht,
kehrt zurück zu den nächtlichen Bogen.
Und der Mond lugt hervor und bestrahlt dein
Gesicht
und das Glühwürmchen hat nicht gelogen.

Schneller Gurkentopf

Im August ist Gurkenzeit und die Elfe meint, der Mond könne am Abend, wenn er sinnierend auf die Erde schaut, nebenher würzige und knackige kleine Gurken verzehren.

5 kg Einlegegurken, klein und knackig
1 Flasche Tafelessig (5%, 0,75l)
500g Zucker
100g Salz

1 Knolle Knoblauch
7 kleine rote Zwiebeln
1 Tüte Senfkörner
½ Tüte Pfefferkörner
Piment nach gutdünken
19 Lorbeerblätter

Der Mond schaut auf den Tontopf, den ihm Dieter geliefert hat.

»Was soll ich damit? Essen wir neuerdings aus solch großen Töpfen? Und warum bist du drei Tage vor Neumond schon hier?«

»Nee, da kommen unsere Gurken rein. Heute wird wieder geschnippelt. Viele Gurken, dafür nicht so viele Zweibeln. Also, die Gurken waschen wir und dann schneiden wir sie in Scheiben. Die Zwiebeln ebenfalls und den Knoblauch wie immer halbieren und dann in

Scheiben schneiden. Salz und Zucker in einem Becher bereitstellen und die anderen Gewürze auch. Jetzt eine dicke Schicht Gurken in den Topf und Salz, Zucker und Gewürze darüber. So weiter machen, bis alles im Topf ist. Jetzt gießen wir den Essig darüber, nehemn einen kleinen Teller, der in den Topf passt, legen iohn obenauf und beschweren ihn mit einem Mondstein.

Und schon beantworte ich dir deine zweite Frage:
Nach drei Tagen kannst du schon knackige Gewürzgurken essen. Eine Butterstulle dazu – und was willst du mehr?«

Der Mond schaut doch etwas fassungslos.

»Damit soll ich über den Monat kommen?«

»Also, wenn du so fragst, sage ich mal: Ja. Denn bis zum Monatsende hast du die Gurken verschlungen. Aber ich weiß, worauf du hinaus willst – wir kochen natürlich auch noch ein wenig.«

Hecht mit Speckbohnen

Nach drei Tagen ist die Elfe wieder oben beim Mond und als erstes kosten sie beide eine Gurke aus dem Gurkentopf. Der Mond spitzt seine Lippen, schnalzt mit der Zunge und sagt:

»Das ist wirklich beste Würze, Freundin du! Da gebe ich meiner Sterneputzerin ein Eimerchen voll mit und dann werden sie wohl für mich nicht bis zum Monatsende reichen. Nun lass uns den Fisch zubereiten. Dieter hat wie immer akkurat geliefert:

1 Hecht von einem befreundeten Angler
5 Schalotten
½ Knolle Knoblauch
5 Stängel Rosmarin
9 Blätter Salbei
500 g grüne Bohnen
123 g gewürfelten Schinkenspeck
1 Zitrone
Irische Butter
Meersalz und Pfeffer aus der Mühle
1 Flasche Riesling

Weißt du was Elfe? Mir fällt auf, dass da immer wiederkehrende Zutaten auftauchen. Was hat das auf sich?«

»Tja, einmal sind es individuelle Vorlieben, die kannst du ja auch selbst heraus finden und ändern,

andererseits geht bei mir unter folgenden Zutaten gar nichts:
Knoblauch
Ingwer
Wacholderbeeren
Zwiebeln/Schalotten
Chili

Alles andere ist eh irgendwie dabei und exotisch koche ich ja noch nicht. Lass uns also beginnen.

Den gewaschenen Hecht salzen und pfeffern wir von innen und füllen ihn mit etwas Knoblauch, Salbei, Rosmarin und einer Zitronenscheibe. Dann legen wir ihn in eine Auflaufform und geben Öl hinzu. Schalottenringe und Knoblauchscheiben legen wir herum, ebenso den restlichen Rosmarin und die Salbeiblätter. Salzen und pfeffern und ein wenig Riesling in die Auflaufform gießen. Mit einem Messer verteilen wir Butterflocken auf dem Fisch. Nun kann er in den Ofen, bei 200°C musst du nach 15 Minuten die Temperatur runternehmen und den Fisch immer mal wieder mit dem Sud belöffeln.

Die grünen Bohnen sind mittlerweile in Sazwasser gar gekocht. In einer kleinen Pfanne braten wir die Schinkenwürfel in ein wenig Butter an, gießen die Bohnen ab und geben ein wenig Butter darüber. Wenn sie verlaufen ist, heben wir die Schinkenwürfel darunter. Den Hecht läßt du nach Augenmaß ein wenig kross werden. Petersilienkartoffeln machen sich dazu immer gut und die restliche Zitrone drückt ihr über dem Hecht aus.«

Pflaumenkuchen mit Nüssen

Was für ein Pflaumenjahr, denkt die Elfe, das müssen wir nutzen. Sie pfeift ihren Bruder Zwiesel und seine Kumpane zum Pflaumenpflücken herbei. Mit schweren Umhängetaschen treten sie vor den Mond.

»Hast ja schon wieder deine Helferkompanie mitgebracht. Und einen Tag früher auch noch. Was erwartet mich dieses mal?«

»Zuerst backen wir einen Pflaumenkuchen. Zwiesel und seine Freund helfen uns gleich, die Pflaumen zu entsteinen. Dann können sie wieder runter und am Poltergraben toben. Wir beide bereiten den Teig zu, man nennt diesen auch Falscher Hefeteig:

400 g Mehl
200 g Zucker
250 g Quark
1 Ei
7 Esslöffel Öl
5 Esslöffel Milch
1 Tütchen Backpulver

Ich gebe alles in eine Schüssel, mache dabei in der Mitte der Zutaten ein Loch, wo das Ei, Milch und Öl hinein kommen. Dann knete ich alles mit den Händen durch. So, Backpapier auf das Blech und den Teig ausrollen und die Ränder etwas hochdrücken.

1 Schüssel Pflaumen
Zimt
9 Walnüsse

Nun legen wir die halbierten Pflaumen in Reihen auf den Teig, verteilen die halbierten Walnüsse oder Stückchen davon über die Pflaumen und streuen Zimt darüber.

Für die Streusel nimmst du die gleiche Menge von
Butter
Mehl
Zucker
Ich denke mal 150g von jedem ist ausreichend. Das knetest du schön durch - jetzt kannst du dir mal die Hände fettig machen - und bröselst die Streusel über die Pflaumen. Bei 175°C Umluft ist der Kuchen in 45 Minuten fertig. Mach's gut, ich muss wieder los. Morgen machen wir weiter.«

In dieser Nacht legt sich um den schmalsichigen Mond ein bläulicher Schleier. In diesem verschwindet er zum Neumond.

Kaninchen mit Pfifferlingen

Als die Elfe beim Mond erscheint, hat sie wieder eine prall gefüllte Umhängetasche dabei. Der warme und feuchte September läßt die Pilze sprießen und die Elfe hat noch genügend Pfifferlinge gefunden.

»Heute gibt es Kaninchen. Da wir es zwei Stunden mariniert ruhen lassen, haben wir genügend Zeit, uns ein wenig zu unterhalten, die Pfifferlinge putzen und einen Wein zu trinken. Erst einmal legen wir das Kaninchen ein.«

1 Kaninchen
Olivenöl
3 Schalotten
3 Möhren
½ Knolle Knoblauch
7 Stängel Thymian
5 Stängel Rosmarin
3 Lorbeerblätter
1 Zitrone
Salz und Pfeffer
Frische Pfifferlinge
100g Butter
1 Flasche Chardonnay
1 Flasche Fattoria la Vialla Torbolino bianco
1 Flasche Maybach Riesling trocken

Das Kaninchen wird geviertelt und in eine Auflaufform gelegt. Gut salzen und pfeffern und mit dem ausgepressten Zitronensaft beträufeln. Dann vorsichtig Olivenöl über die Kaninchenteile gießen, eine halbe Flasche Chardonnay in die Auflaufform geben und abgedeckt kühl stellen.

»Nun putzen wir erst einmal die Pfifferlinge. Schau, ich habe dir einen Pinsel mitgebracht. Damit kannst du sie säubern, den sandigen Fuß schneidest du ab. Gieße uns mal ein Glas vom Maybach ein, der Torbolino ist für deine Sterneputzerin und dich.«

Nachdem die beiden angestoßen haben, fragt der Mond: »Du hast den Wein ja schon in die Auflaufform gegossen, sonst löschst du doch aber erst später ab?«
»Der Wein soll dem Kaninchen vorher schon ein wenig Aroma geben und dann, wenn es in der Röhre ist, sorgt er von Anfang an für ein feuchtes Klima. Wenn der Wein verköchelt ist, können wir je nach Farbe des Bratens immer noch entscheiden, wieviel wir nachgießen.«

Der Mond und die Elfe erzählen und schneiden nebenher zwei Schalotten und den Knoblauch klein, putzen die Möhren und schneiden diese in dünne Scheiben. Nun wird der Kaninchenbraten für den Backofen vorbereitet. Dazu werden Zwiebeln, Knoblauch und Möhren zwischen die Kaninchenteile gelegt und die Kräuter dazu. Dann kommt die Auflaufform in den Ofen und wenn der Wein köchelt, die Temperatur herunter nehmen und noch eine Stunde garen.

»So, das ist also ein ziemlich simpler Kaninchenbraten,« sagt die Elfe zum Mond. »Da kannst du auch noch mit getrockneten Tomaten und Oliven experimentieren, oder es vor dem Marinieren mit Senf bestreichen. Die Sauce mit Crème Fraich verfeinern geht auch, ich persönlich liebe es naturell.

Für die Pfifferlinge schneiden wir eine Schalotte in kleine Würfel und lassen diese in der heißen Butter glasig werden. Dann kommen die Pilze hinzu und Salz und Pfeffer.«

Flugs macht sie sich von dannen, denn den restlichen Chardonnay haben sich die beiden auch noch geteilt. Vorher fragt sie den Mond noch: »Sag mal, wie wäschst du überhaupt ab?«

»Na, ich habe mir doch gleich einen Geschirrspüler einbauen lassen.«

»Habe ich mir gedacht. Dann lasse ich dir noch ein paar Zeilen zum Vergnügen hier, die mir in meiner Nachbarschaft zu Ohren gekommen sind.«

Ode an den Geschirrspüler

Schlafestrunken in der Küche
klapp'st du eine Klappe nieder
und der Mond scheint dabei bläulich,
staunt - und dann grinst er bieder.
Fragt sich, was der Sinn vom Tun
nächtens am Geschirrespüler;
eine Wolke nimmt die Sicht
und der Wind wird langsam kühler.

Hast geträumt es wär dein Auto
und da drin 'ne Kiste Sekt,
woll't's du rausholn, weil der auch
in der Nacht bei Mondschein schmeckt.
Und der Spüler - dieser Spieler
- war dann auch total verdutzt,
weil er weiß, in tiefer Nacht,
hast du ihn noch nie benutzt.

Tags, da spielt er viele Spielchen,
rattert, röchelt, vibriert keck,
doch wenn du die Klappe öffnest,
siehst du da noch manchen Dreck.
Soßenmadder an den Gläsern,
manche Teller noch verschmiert,
doch der Spüler - dieser Spieler
- surrt dazu noch ungeniert.

Manchmal denkst du, dass er alt ist
oder wohl falsch eingeräumt,
doch der Mond in seiner Weisheit
weiß, was du des Nachts geträumt.
Also träume ruhig weiter,
steig nicht gleich aus deinem Bett,
denn im Spüler steht kein Sekt
und kein Wein und kein Konfekt.

Wildschweinrücken

Der Herbst strahlt golden und es duftet im Wald nach den letzten Pilzen. Dort geht auch der Jäger um und erwischt so manches kleine Wildschweinchen. Und wieder muss die Elfe zwei mal zum Mond hinauf steigen.

»Heute legen wir den Wildschweinrücken ganz individuell nach Waldläuferart ein. Dazu benötigen wir folgende Zutaten:

1 Wildschweinrücken ca. 4 - 5 kg
Rosenkohl
3 Zwiebeln, in Ringe schneiden
1 Knolle Knoblauch, Zehen halbieren
1 Hand voll getrocknete Tomaten
1 Becher Senf
1 Becher saure Sahne
Muskatnuss
Olivenöl
1 Flasche Cabernet Sauvignon
1 Flasche California Red

Für die Beize:
7 Lorbeerblätter
23 Wacholderbeeren
11 Pimentkörner
31 Pfefferkörner
Rosmarin
7 getrocknete kleine Chilischoten

1 El. Senfkörner
1 El. Grobes Meersalz
5 Stücken getrocknete Tomaten
4 halbe Koblauchzehen
Diese Zutaten werden im Messbecher mit einem Pürierstab kleingeschredder und dann mit dem Senf vermischt.

Ein wenig Olivenöl auf ein Backblech mit hohem Rand gießen, den Wildschweinrücken darauf legen - eventuell diagonal je nach Größe. Leicht salzen, mit Olivenöl beträufeln und die Gewürzmischungspaste auf dem Rücken verteilen,
Zwiebeln, Knoblauch und getrocknete Tomaten auf dem Blech verteilen und wenigstens einen Becher von dem Cabernet Sauvignon darüber gießen, damit sich die Tomaten vollsaugen können. Abgedeckt über Nacht kühl stellen. Morgen geht es weiter.«

Anderntags bringt die Elfe noch getrocknete Steinpilze mit, die sie im Vorjahr selbst gesammelt hat. Es duftet würzig, als sie das Blech abdeckt.

»Na, das könnte eine scharfe Mischung gewesen sein. Da solltet ihr die Kruste dann erst einmal vorsichtig kosten.
Wir geben jetzt noch ein wenig Öl hinzu und erhitzen den Braten bei ca. 190°C mit Umluft, bis das Öl brutzelt. Dann auf Ober- und Unterhitze umschalten bei 170°C. Je nach Bedarf ein wenig Rotwein nachgießen und getrockneten Pilze hinzu

geben. Die Garzeit beträgt gut drei Stunden.

Den Rücken servierst du dann auf einer großen Platte und löst ihn auf. Den Bratensud mit den Zwiebelringen, Knoblauch, Pilzen und Tomaten kannst du eventuell etwas pürieren und mit saurer Sahne verfeinern.

Dazu machst du Kartoffelklöße und den Rosenkohl. Diesen kochst du, nachdem du die welken Blätter entfernt hast, in Salzwasser. Wenn er gar ist, gießt du das Wasser ab und gibst zwei Esslöffel Butter hinzu und schwenkst den Rosenkohl in der zerflossenen Butter. Zum Schluß noch Muskatnuss darüber reiben und noch ein letztes mal schwenken.«

Von dem Cabernet Sauvignon ist natürlich nicht mehr viel übrig und so sind die Elfe und der Mond heute einmal sehr vorbildlich, was den Konsum an Küchenwein betrifft.

Curryhähnchen mit Ingwermöhren

Die Novembernebel wabern durch den Wald und über die trostlosen Wiesen und die Elfe zieht den Kragen von ihrem Binsenmantel hoch und setzt die Hummelfellmütze auf.

»Ich bin heute so schwermütig,« sagt die Elfe zum Mond. »Deshalb kochen wir etwas Leichtes. Schauen wir, was uns Dieter geliefert hat:

5 Stück Hähnchenbrustfilet
7 Möhren
3 cm Ingwer
½ Knolle Knoblauch
2 Schalotten
Currypulver
Chilipulver
Olivenöl
1 Orange
Salz aus der Mühle

Beginnen wir mit den Hähnchenfilets. Diese braten wir in Olivenöl kurz an und streuen Salz, Curry- und Chilipulver darüber.

5 Knoblauchzehen, vorher halbiert, kommen noch in die Pfanne und wenn die Filets Farbe haben, löschen wir mit dem Saft der ausgepressten Orange ab. Dann kommt ein Deckel auf die Pfanne und wir lassen es bei geringer Hitze ein wenig köcheln.

Die Möhren schneiden wir in Scheiben. In eine kleine Kasserolle mit Stiel geben wir die klein gewürfelten Schalotten und den gestiftelten Ingwer in heißes Olivenöl. Wenn die Schalotten glasig sind, kommen die Möhren und der restliche Knoblauch hinzu. Ein ganz klein wenig Wasser und natürlich Salz. Deckel drauf und bei geringer Temperatur köcheln lassen.

Wenn die Filets gar sind, musst du schauen, wie du den Bratensud haben möchtest. Ist er dir zu dünn, dann gib Feuer und lass ihn ein wenig dicker köcheln. Die Möhren sollten dann auch fertig sein.

Ach ja, Wein habe ich dir dieses mal nicht empfohlen. Kredenz deiner Sterneputzerin in dieser trostlosen Jahreszeit mal einen Sekt. Sekt geht immer.«

Weihnachtsgans

Besser kann es gar nicht sein - Schnee rieselt und die Elfe hört von überall her die Glöckchen klingen. Sie kann sich ein Lächeln nicht verkneifen, als sie den Sonnenwindstrahl hinauf zum Mond steigt.

»Hast du dir einen großen Eimer liefern lassen?« fragt sie den Mond, als sie eintrifft.
»Natürlich. Ich frage mich nur, was du damit vor hast. Ich dachte wir kochen und machen hier nicht sauber.«
»Nee, sauber machen kannst du alleine. Wir legen die Weihnachtsgans über Nacht in Salzwasser ein. Gib mal das Weckglas mit dem Salz, wir schütten eine anständige Portion in's Wasser und schmecken ab. Pass aber auf, dass du nicht das Zuckerglas erwischst - meiner großen Schwester ist das schon mal passiert. Glücklicherweise hat es der Waldschrat bemerkt, weil die Gläser an ihren Plätzen vertauscht waren und hat vorsichtshalber mal gekostet. Das ging dann noch mal gut.
So, das war es dann schon für heute. Morgen wird ein langer Tag.«

Am nächsten Tag nimmt die Elfe die Gans aus dem Eimer und legt sie in das Backblech mit dem hohen Rand.

»Jetzt füllen wir sie und verschließen sie mit einer Rouladennadel.

5 Zwiebeln, halbiert und in Scheiben geschnitten
1 Orange, geschält und zerteilt
3 Äpfel, geviertelt
7 Thymianstängel
3 Rosmarinstängel
7 Wacholderbeeren
9 Nelken
13 Backpflaumen

Als die Gans damit gefüllt ist, sticht die Elfe mit einer spitzen Gabel mehrmals zwischen Keulen und Bürzel ein, damit beim Erhitzen das Fett austreten kann. Natürlich kommt noch ein wenig Salz aus der Mühle und Pfeffer darüber. Das Backblech wird mit Wasser aufgegossen und dann kommt es bei 220°C Umluft in den Backofen. Wenn alles schön bruzzelt, wie immer die Temperatur runter nehmen. In drei Stunden sollte die gans gar sein. Immer wieder mal nachschauen und zum Schluss mit dem eigene Fett belöffeln.

Zwischendurch verfeinern wir den Rotkohl aus dem Glas. Dazu benötigen wir:

1 Apfel
17 Nelken
5 Lorbeerblätter
23 Rosinen
3 Löffel Schmalz
Zucker und Salz zum Abschmecken

Das Schmalz in einen Topf geben und den Rotkohl dazu. Die Gewürze und den gewürfelten Apfel unterrühren und nach einer viertel Stunde erstmalig kosten. Je nach Geschmack und Stimmung mit Zucker und Salz vorsichtig eine Balance finden. Den Rotkohl auf ganz kleiner Hitze köcheln lassen.

Wenn die Gans gar ist, auf einer Platte zerlegen. Den Bratensud vom Blech in einen Topf gießen und mehr oder weniger pürieren. Du kannst auch teilweise die in der Gans gegarten Äpfel, Zwiebeln, Pflaumen und Orangensegmente in der Sauce verarbeiten. Die anderen bleiben auf der Platte mit der zerlegten Gans.«

»Und was trinken wir dazu?« fragt der Mond.

»Ich empfehle einen kräftigen Bordeaux, probiere es mal mit Château La Gorce Cru Bourgeois.
Nach dem Essen noch einen Palinka, der passt zu den Backpflaumen.«

Gänsezeiler

Ach, wie guckt die Gans noch lustig,
watschelt grad zum Weiher hin,
schnattert, züngelt, knabbert Grünzeug,
Bosheit kommt ihr nicht in'n Sinn.

Bosheit nicht von andern Gänsen
sondern vom Genießerpack
und der Bauer wetzt sein Messer
- knacks, schon ist die Rübe ab.

Ach, wie ist es kalt und dunkel,
Sau und Lamm gleich nebenan,
der Gefrierschrank brummelt leise
und schon geht das Lichte an.

Und so taut die arme Gans
ohne Kopf und ohne Füße
langsam auf und wird gesalzen,
Pfeffer und Orangensüße.

Ach, wie duftet's aus der Röhre,
Rotkohl, Klöße warten auch
und wir sitzen schnatternd rum,
Sekt ist schon in unserm Bauch.

Und dann kommt die große Platte
auf den Tisch zum Mittagsmahl,
Speichel fließt in hellen Bächen
und die Gans, die war einmal.

Ach, wie war die Gans doch köstlich,
lebend und als Mittagsschmaus,
erst noch schnatternd und dann duftend -
Gänsedasein ist nun aus.

Pflaumenschnaps noch zur Verdauung,
denn sonst kriegt der Magen Krise
und ich glaub der Pflaumenbaum,
stand auch auf der Gänsewiese.

Eierpunsch

Das Jahr geht zur Neige und die Elfe kraxelt noch einmal den Sonnenwindstrahl hoch zum Mond.

»Hast du nun mit deinen erlernten Kochkünsten deine Sterneputzerin beeindrucken können oder ist sie dir inzwischen abhanden gekommen?«

»Ich glaube«, antwortet der Mond, »sie hat von nun an dem Angebot von Mac Galakticus abgeschworen. Und weißt du, was noch bemerkenswerter ist? So zärtlich, wie sie jetzt ist, habe ich sie vorher gar nicht gekannt.«

Die Elfe ist jetzt wirklich ein wenig verlegen.
»Haste was zu trinken hier?«
»Nur Caipirinha.«
»Na, dann mix uns mal einen.«

Die Elfe trinkt zum ersten mal in ihrem langen Leben einen Caipirinha und hustet gleich einige Zuckerrohrkörner über die Mondbar.

»Nicht so schlimm«, meint der Mond. »Der Sterneputzerin ging es anfangs auch so. War es das nun mit dem Kochkurs?«

»Ich habe noch etwas, womit wir das Jahr ausklingen lassen können.«

Für den Eierpunsch benötigen wir:

3 ganze Eier
3 Eigelb
150 g Zucker
½ l Weißwein
¼ l Wasser (oder Weißwein)
Schale und Saft einer Orange
1 Zitrone
1/8 l Rum oder so ...

Eier mit dem Zucker schaumig rühren, die übrigen Zutaten untermischen und bei geringer Hitze bis zum Aufkochen schlagen, durchsieben und heiß genießen.

»Davon wird die Sterneputzerin vollend's weich!«

Neujahrsmond

Das alte Jahr versinkt schon im Nebel,
das Neue kommt krachend daher.
Was bringt es wohl? fragt uns die Elfe
und schwenkt ihren Stab umher.

Geld und Familie und Freunde und Tatkraft,
Verbundenheit obendrein.
Als Basis für all unsre Wünsche und Träume,
und unser Zusammensein.

Und nimmt man all das, was schon vergangen
und all das, was schon erreicht,
und ohne Verklärtheit überdenkt man die Jahre
und sagt sich: Na ja, vielleicht

- vielleicht kommt es doch so, wie wir es erträumen,
das Leben fühlt sich wunderbar an,
hier draußen im Tann unter Eichenbäumen,
ein jeder gibt was er kann.

Ein jeder gibt Tatkraft, Vertrauen und Ruhe -
Verbundenheit fühlt sich so an.
Es kommen Freunde, Familie zum essen
und feiern bei Wildsau, Kaninchen und Lamm,

auch Frikassee und Quark mit Knoblauch
und Ingwer und noch allerlei
und die Freude am Leben und die Liebe zur Elfe
und Sekt ist auch noch dabei.

So kommt es daher, mit kleinen Schritten,
das Jahr mit neuer Pracht
und der ZwölElf bei Vollmond hebt seine Pranke
und flüstert ganz leise: Habt acht.

Habt acht auf die Liebe, habt acht auf's Vertrauen,
habt acht auf die Achtsamkeit.
Habt acht auf die Blicke in tiefe Augen,
habt acht auf Besinnlichkeit.

Habt acht auf das Feuer im Ofen und Herzen,
habt acht auf die Träume zu zweit,
habt acht auf die Sonne, den Mond und das Wasser,
habt acht auf die Lebenszeit.

Und er senkt seine Pranke und schaut uns kurz an
- und PENG ist er weg und ein Licht,
wie vom Glühwurm leicht bläulich zart im Wind,
der trägt es ganz sachte hinweg.

Die Schritte vom Jahr mit der neuen Pracht
werden größer mit jedem Tag
und wir schauen nicht tatenlos hinterdrein
und nutzen, was der ZwölElf gesagt.

Epilog

Wer alle Angaben nur stur befolgt, welche die Elfe in ihren Rezepten gemacht hat, wird wohl nicht seinen eigenen Geschmack treffen. Kosten und Abschmecken ist das Wichtigste - das eigene Händchen beim Würzen macht ein Gericht erst individuell.

Und noch ein kleines Geheimnis: Nimm bei abgezählten Zutaten als Menge möglichst eine Ungerade, besser noch eine Primzahl. Die Elfe wird es dir danken.

Und ein weiterer Hinweis: Jedes Gericht wird auch ohne den zusätzlichen Alkoholkonsum, wie ihn der Mond und die Elfe in der Küche pflegen, gelingen.